KAKIDASHI SHŌSETSU

書き出し小説

天久聖一 編

新潮社

目次

はじめに

国境の長いトンネルを抜けると雪国であった。

言わずと知れた川端康成「雪国」の冒頭である。さすが日本文学史に燦然と輝く名作だけあって、その書き出しは一瞬にして読者の心を摑み、鮮烈なイメージを呼び起こす。素晴らしい書き出しとはこのようにたった一文で私たちを豊かな物語世界へと誘ってくれる。

しかし、書き出しには続きがある。

当然のこととは言え、私たちはそこに一抹の寂しさを禁じ得ない。なぜなら書き出しによってもたらされた無限のイメージは、そこからたったひとつの結末に向かって否応なく限定されてゆくのだから。

続きは読みたい。でも読んでしまうのもちょっぴり惜しい……。揺れ動く乙女心にも似たそんなジレンマから、書き出し小説は生まれた。

本書で紹介する書き出し小説とは、文字通り書き出しのみによって成立したもっともミニマルな文学形式である。作者は自分の考えたオリジナル小説の冒頭だけを書き記し、読者はそこから自分なりの続きを想像する。

完成された小説がひとつの物語しか語り得ないのに対して、書き出し小説は読み手のイマジネーション次第で無限のストーリーを読み解くことができる。また冒頭以外読む必要がないので時間も大いに節約できる。書き手側にとっても然り。作者は冒頭だけに専念すればよいので、全体の構成に悩むことなく、途中で筆を折るという挫折感とも無縁である。求められるのは独創的なアイデアと瞬間の集中力のみ、である。

あらかじめ未完成であることを前提とした書き出し小説は、それゆえに無限の可能性を秘めている。しかしそこにお互いの遊び心が介在しなければ、それはただの文字列に過ぎない。書き出し小説とはすべてをゆだねる作者の勇気と、読者の優しさの上に成立する美しき共犯文学とも言える。

本書はネットサイト「デイリーポータルZ」において募集された書き出し小説から、厳選した秀作を掲載したものである。実に三万作以上の応募作から選ばれた珠玉の作品群は必ずやあなたの琴線に触れ、あなただけの物語を語り出すだろう。めくるめく書き出しの世界を、ぞんぶんに堪能していただきたい。

装画　天久聖一
装幀　原条令子デザイン室

書き出し小説

自由部門

〔自由部門〕

書き出し小説ではとくにルールのない自由部門と、毎回出されるテーマに沿った規定部門を設けている。前半ではまず自由部門の秀作を紹介する。

前述の通り、書き出し小説は書き出しだけで成立した文学なので、あとの展開はすべて読者である貴方の想像力にゆだねられる。まずはその書き出しが発する「はじまりの予感」を大いに味わい、各自お好みでその続きや細部を想像して欲しい。もちろん気に入った作品があればさらに深読みしたりツッコミを入れることで、ささやかな書き出しはそのぶん豊かな世界を開示してくれる。そうした作品と読者の密かなコミュニケーションこそが、書き出し小説最大の妙味である。

自由部門には文字通り、実にさまざまなタイプの作品がある。単純に続きを想像させるものから、それだけで完結しているもの、詩的なもの、思い切り笑いに走ったものなどなど。書き出しのみという制約の中で独自の進化を遂げた摑みの美学に、是非とも注目して欲しい。なお、処々に作品の解説を「蛇足」として附記したので、併せてお読みいただきたい。

朝顔は咲かなかったし、君は来なかった。

スエヒロ

〔自由部門〕

〔自由部門〕

美大のヌードモデルとして、父はネクタイを外した。　白田まこ

「あ、肉まんを考えた人か」そう思ったときにはもう、滝つぼが眼前に迫っていた。　エイミー

レーズンパンのレーズンだけを取り除いていたら、何やら地図のようなものが浮かび上がった。　どんちょう

隣の客とはよほど好みが合うらしく、私はまだ甘エビしか食べられていない。

まくらのソウル

「いいね、これリビングに置きたい」彼が座ると、ソファーの脚が折れて売り場の外へ転がっていった。

ひっぽう

団体名が連なる、歓迎看板の白い文字は水性ペンキで書かれており、その文字を水で綺麗に洗い流すのが現在の私の仕事である。

菅原 a k a $.U.Z.Y.

〔自由部門〕

その村では卑猥な形の野菜しか実らないという。

TOKUNAGA

夕焼けが鳥居をくぐる瞬間、矢須子は逆光の向こうに身を躍らせ、忽然と消えた。

雨林

目の前の石段を、艶やかな尻尾がするすると登っていく。尻尾だけが。

里清

しじみからいいダシが出始めた。さあパーティーのはじまりだ。
四足商会

彼女なら、きっと本体よりもポケットの方を欲しがるだろう。そんな人間だ。
宇佐美

彼はジグソーパズルを睨む。私はピンホールカメラでそれをただ見つめる。
ユキ

〔自由部門〕

貯金箱を叩き割った。20ルーブル出てきた。

おかめちゃん

並走する電車に乗った女が、にらめっこをしかけてきた。

おかめちゃん

晶子はわざわざはしごまで歩いて行き、つまさきから音も立てずにゼリーの中に沈んでいった。

しょま

外したブラの下に背中へ戻る脂肪がみえた。

あだんそん

いや、先生。松下くんがいなくて困ってるんじゃやなく、松下くんがたくさんいるから困ってるんです。

ちー

彼女は花の様に微笑むと、男の原付から、ネジを1つだけ外した。

TOKUNAGA

〔自由部門〕

モンスターペアレントは森の人気者だ。

TOKUNAGA

御使いは終末のラッパを高々と掲げたが、少し考えた後リコーダーに持ち替えた。

ysn

水面に月が映っている。仰向けに浮いた女たちは腹の上で貝を割り始めた。

侘助

結局、何の唐揚げかは教えてもらえなかった。

TOKUNAGA

〔自由部門〕

赤、青、黄、緑、ピンク、五色のブーツが、悪の組織の玄関に並べられた。

TOKUNAGA

俺の倍速木魚についてこられるかい？

からておどり

台風のあと。澄みきった空と散らかった地面。その間にいる私は、どちらなのだろうか。

赤嶺総理

ユウカリの香りがふわりと舞う。コアラも怒れば噛むのだな。

蒼牙

製麺なんだろう。打っているところを見せなさい。教授の怒号が店中に響いた。

no-dash

エレベーターに挟まれたまま三日が過ぎた。賢く、ユーモアに溢れた人間でありたい。それしか頭になかった。

レペゼン秩父

浜辺に打ち上げられたクジラ。水の出なくなった噴水。そういったものを捉えるかのような眼差しで、皆が町長を見つめていた。

中谷ふみ

子どもが母親にお菓子をねだっている。おばさんはカートを身体のように扱っている。肉に半額のシールが貼られた。レジは空いている。私はスーパーでフラれた。

まいまい

おもむろに油性ペンを手に取り、僕のTシャツにサインを書き始めた。この人は誰だ。

天網恢々疎にして上沼恵美子

紙芝居屋は、家裁へと続くなだらかな下り坂を一気に駆け抜けて行く。

TOKUNAGA

花占いの花弁は初めから一枚だけでした。

TOKUNAGA

〔自由部門〕

蛇足①

朝顔は咲かなかったし、君は来なかった。

つぼみのまましおれた朝顔に、語り手の心情が見事に投影されている。早朝の待ち合わせのはずが陽はとっくに昇っている。今日も真夏日だ。この後なんの予定もない主人公を想うと切ない。

美大のヌードモデルとして、父はネクタイを外した。

風呂上がり裸でリビングをうろつく父が、いまクラスメイトの前でダビデのポーズをとっている。

「あ、肉まんを考えた人か」そう思ったときにはもう、滝つぼが眼前に迫っていた。

まずこの状況に至るまでなんの危機感も持っていなかった主人公に驚かされる。彼をここまで無心にさせた「肉まんを考えた人」とは？　この後の展開よりむしろここに至るまでの経緯を知りたい。

レーズンパンのレーズンだけを取り除いていたら、何やら地図のようなものが浮かび上がった。

さあ、冒険のはじまりだ！　漫画「ワンピ

ース」を彷彿とさせる冒険譚。取り除いたレーズンは後で仲間に渡すきび団子的なアイテムとして使用される。

隣の客とはよほど好みが合うらしく、私はまだ甘エビしか食べられていない。

回転寿司の上流側の客が、欲しいネタを根こそぎ取ってしまう。隣をチラ見するも積み上がった皿で相手は見えない。あ、またエンガワ取られた！

団体名が連なる、歓迎看板の白い文字は水性ペンキで書かれており、その文字を水で綺麗に洗い流すのが現在の私の仕事である。

〔自由部門〕

普段何気なく目にしている風景にもそれにたずさわる職人がいる。旅館の入り口の歓迎看板、しかもそれを消す係。主人公の生真面目な語り口にこの仕事への覚悟を感じる。なにかの償いだろうか？

その村では卑猥な形の野菜しか実らないという。

呪われた村を舞台にした怪奇小説。村を訪れた女子大生たちは次々と風呂を覗かれ、お気に入りの下着を盗まれる。

目の前の石段を、艶やかな尻尾がするすると登っていく。尻尾だけが。

毛足の長いキツネの尻尾のようなものを想像した。夕暮れの魔物か白昼の幻か。それを追いかける少女を想像すると和風アリス的な

展開が広がる。

彼女なら、きっと本体よりもポケットの方を欲しがるだろう。そんな人間だ。

あえてネコ型ロボットの名前を出さずに、彼女の小悪魔ぶりを端的に表現した。

モンスターペアレントは森の人気者だ。

子育て中は凶暴だが本来は優しいモンスターペアレント。彼らもまた偏ったマスコミ報道の被害者かもしれない。こんな書き出しの絵本なら読みたい。

水面に月が映っている。仰向けに浮いた女たちは腹の上で貝を割り始めた。

月光に照らされた静かな水面に浮かぶ女たちの肢体。文末で女たちはラッコにイメージ変換されるが、ここは敢えて文面どおり、やわらかな下腹部で貝を割る女たちを想像したい。

子どもが母親にお菓子をねだっている。おばさんはカートを身体のように扱っている。肉に半額のシールが貼られた。レジは空いている。私はスーパーでフラれた。

流れるようなカメラワーク。フラれた「私」の時間だけが止まっている。その時間を再び動かしたのは、後ろからぶつかってきた万引き犯だった。

〔自由部門〕

メールではじまった恋は最高裁で幕をとじた。

Yves Saint Laurにゃん

虹の付け根が、吉田の家に刺さっている。

TOKUNAGA

からっぽの電車きた！と思ったら、下の方に園児がびっしり詰まっていた。

xissa

下駄箱を開けるとラブレターらしきものが入っていた。厳密に言えば自分で入れたものだが、この際、それは関係無い。

伊東和彦

飲み会代の回収が始まった途端、その妊婦は陣痛のふりを始めた。
長尾パンダ

教室の壁に行儀よく並べられた半紙の中で必死にもがいている「自由」を見た。
よしおう

「魂の話をしよう」真面目くさった顔でそう言った後、先生は黒板に塊と書いた。
たかもち

〔自由部門〕

タクシー運転手と話し始めるとき、ぼくは童貞だった頃を思い出す。

金田一

「酒の席での告白なんて本気にしたらイタイよね」自分の言葉に思いがけず傷ついていた。

のほちん

皿に残ったパセリを三角形に3つ並べて、彼はぼそりと「森」と呟いた。忘年会の喧噪の中でかき消されてしまうほどそれは、か細い呟きだった。

そらまめかかお

恩田さんは身体を前のめりにして「そのバーは照明が薄暗いのかい？」と聞いてきた。三十五にして初デート。応援してあげたい。

kossetsu

ゆで卵をテーブルに立てて見せた男の金色のまつげがチラつき、その夜イザベルはなかなか寝付けなかった。新大陸なんかぜったいあるはずないんだから……。

ぱぱす

「田中君、僕だ。山中だ」待ち合わせ場所でその地域のゆるキャラの着ぐるみがささやきかけてきた。

瓢六堂

彼女の白い人差し指が、僕の指の間の水掻きをなぞった。

夏猫

卒業の日、長く連なった白線の最後にしがみつき、田中くんはゆっくりと川下に流れていった。

夏猫

席をつめたがカップルは座ろうとせず、私はただ横の老婆にすり寄っただけの人間になってしまった。

大伴

〔自由部門〕

豊田さんの体型が、リュックを拘束具に見せる。そう、ここは秋葉原。

megahiro

「お前がヘラヘラしてるからだぞ！」先生は田中君を見つめながら自分の腕を殴る。時代が体罰の形を変えた。

megahiro

「この中に犯人が居るかもしれないんだぞ！　俺は部屋に戻る！」と言った横田にも無事朝が来た。

タコさん

身長30㎝ほどの小人が1エーカーの森を散歩していた。1歩歩くと2人になり、2歩歩くと4人になり、22歩歩く頃には森に歩くスペースが残っていなかったので、その日の散歩はそれでお終いにした。

兎は月を見てぴょんと跳ねた

夏猫

伸ばされた手を摑むか、摑まないか。一瞬の迷いに彼女は気付いた。彼女に気付かれた事に僕は気付いた。

〔自由部門〕

尻ポケットに入れた携帯のバイブが背後の男を刺激しはじめた。　大伴

表面積を求めていたら奥行が発生していた。もうダメだ。　すり身

二階にあるハンバーガー屋。スペースキーのような窓から池袋を歩く人々を見下ろしている。この瞬間だけ僕は勝ち組だ。　ヨコヤ

ああ、この二人は恋に落ちる。だいたい初日にわかってしまう。
たぶん一般的に思われている以上に、教壇は見晴らしがいい。

suzuki·ishi·ika

「ねんど」だ！　高校以来だから十年ぶりか。ものすごくいい女
になってる。ああ、本名が思い出せない。

さいしんどう

甲から乙へとプレゼントが手渡された。乙は喜び甲の胸元へ、其
のまま背中に手を回しひしと抱き締めた。

タカノ

〔自由部門〕

父の七回忌に、私にそっくりな女が焼香に来た。

xissa

その年はいつになくツツジが暴力的に咲いていたのを覚えている。

よしおぅ

疲れきった体を湯舟に沈めると、陰毛が微細な気泡をまとい、樹氷のように見えた。多朗吉は無性に田舎が恋しくなった。

g-udon

女の私が見ても溜息が出るほど、先輩はエロティックに王を扇ぐ。

suzukishika

ゼンマイ仕掛けの博士は、ゼンマイを巻いてもらうために、ゼンマイ仕掛けの助手を作った。

aquaion

今更そんなことを言っても始まらないのだが、どうしてこの筆を腋に挟んで歩かなければいけないのだろう。すごくすべる。

KSK

〔自由部門〕

付き合い始めは「なんとなく」なのに別れる時は理由がたくさん出来ちゃうんだなあ。荷物を運び出しながら困ったように彼女は笑った。

夏猫

通天閣地下に広がる牢獄。幽閉された外阪人が亡者の如き呻きを上げる。これが二度漬けの禁を破った者の末路であり、串カツと同じく二度目の空は無かった。

タコさん

蛇足②

メールではじまった恋は最高裁で幕をとじた。

ささいな出会いから壮絶な破局までが、たった二十文字の中に凝縮された名作。省略された事件の経緯は各自想像にお任せしよう。最後の判決を下すのはもちろんあなたです！

虹の付け根が、吉田の家に刺さっている。

吉田に罪はない。しかしこの書き出しからにじみでる失望感が、吉田のキャラクターを

〔自由部門〕

如実に物語っている。七色のプリズム越しに見た残念な吉田が目に浮かぶ。

下駄箱を開けるとラブレターらしきものが入っていた。厳密に言えば自分で入れたものだが、この際、それは関係無い。

完全な自己完結からはじまったラブストーリー。どこまで己に嘘を通せるか、見守りたい。

タクシー運転手と話し始めるとき、ぼくは童貞だった頃を思い出す。

なぜこの作品にこれほど共感できるのだろう？　記憶をたどり思い出したのは、はじめて訪れたソーププランドでローションをかき混

ぜる熟女だった。あのとき交わした背中越しの会話と、どこか近い。

皿に残ったパセリを三角形に3つ並べて、彼はぼそりと「森」と呟いた。忘年会の喧噪の中でかき消されてしまうほどそれは、か細い呟きだった。

パセリの森、秀逸なビジュアルセンス。こういう男の方が実は女子を泣かせるタイプだと思う。

恩田さんは身体を前のめりにして「そのバーは照明が薄暗いのかい?」と聞いてきた。三十五にして初デート。応援してあげたい。

たったひとつの質問が、恩田さんのキャラを余すところなく伝えている。応援したい気持ちと同じくらい、いったいなにをやらかすか期待している自分もいる。とりあえず当日は尾行したい。

ゆで卵をテーブルに立てて見せた男の金色のまつげがチラつき、その夜イザベルはなかなか寝付けなかった。新大陸なんかぜったいあるはずないんだから……。

どこかで聞き覚えのあるエピソードにつられ読み進めると、これがライトノベル風の偉人伝であることがわかる。語り手のイザベルはコロンブスに資金援助した実在の女王。ここではツンデレキャラになっている。

「田中君、僕だ。山中だ」待ち合わせ場

所でその地域のゆるキャラの着ぐるみがささやきかけてきた。

いきなり「摑み」から入る巧みな書き出し。ゆるキャラのデザインにも事件のヒントが隠されていそうな気がする。ご当地サスペンスとしてシリーズ化できそう。

席をつめたがカップルは座ろうとせず、私はただ横の老婆にすり寄っただけの人間になってしまった。

ただの「あるあるネタ」も主観で語ることによって、このように私小説の冒頭になり得てしまう。老婆にすり寄ったまま電車に運ばれる主人公を想像するとなぜかキュンとする。

「この中に犯人が居るかもしれないんだぞ！　俺は部屋に戻る！」と言った横田にも無事朝が来た。

俗に言う「死亡フラグ」をあっさり回避。翌朝の朝食バイキングには一番乗りで来た。

尻ポケットに入れた携帯のバイブが背後の男を刺激しはじめた。

痴漢の冤罪、しかも被害者が男性ともなれば、そこには同性愛のテーマも深く関わってくるだろう。理不尽な社会、試される家族の絆、真の正義とはいったい？　終盤は手に汗握る法廷劇。

ああ、この二人は恋に落ちる。だいたい初日にわかってしまう。たぶん一般的に思われている以上に、教壇は見晴

〔自由部門〕

らしがいい。

教壇目線の青春ストーリー。ストーリーに干渉するなど野暮な熱血教師のやること。ベテラン教師はあくまで冷静に、視点に徹する語り手でありたい。

「ねんど」だ！　高校以来だから十年ぶりか。ものすごくいい女になってる。ああ、本名が思い出せない。

同窓会だろうか、それとも営業先で再会した同級生か。いろんなシチュエーションが想像できる。「ねんど」という不定形な物体が美人になったというビジュアル的な面白さもある。この先ふたりは恋愛に発展するのだろうか。その前に本名は思い出せるのだろうか？

女の私が見ても溜息が出るほど、先輩はエロティックに王を扇ぐ。

普通なら端役に過ぎない「王を扇ぐ係」に着目した点が秀逸。セクシーな設定に加えスポ根的な要素も有り。練習相手になってあげたい。

今更そんなことを言っても始まらないのだが、どうしてこの筆を腋に挟んで歩かなければいけないのだろう。すごくすべる。

読み終えたあとただ腋がムズムズするという、これまでの文学が扱わなかった読後感に挑んだ意欲作。

冗談で出したヤリイカがクリーニングされて戻ってきた。

もんぜん

〔自由部門〕

進化するほど生物はつまんなくなる。

xissa

「大人二枚」と告げた彼の胸元には、たしかにメスカブトムシがとまっていた。

鳩がきらい

悪ふざけしたお詫びに薬を多めに出した。

もんぜん

「猫の手も借りたいよ！」その声に反応した城下町の猫達が、一斉に天守閣を目指し大移動し始めた。

トニヲ

頭にいま抜いたばかりの草を載せて母は苺になった。

おかめちゃん

ニスを塗った祖母は新車と見紛うばかりの光沢を帯びている。

TOKUNAGA

〔自由部門〕

サンドイッチの境目がわからず、そっとパンの枚数を数えてみた。

おかめちゃん

部屋の蛍光灯を取り換えようとしている父が一瞬、天使に見えた。

TOKUNAGA

「カッパドキアって世界遺産があるんだってさ。トルコに。一度でいいから行ってみたいんだよね」彼女は頭の皿をキラキラ輝かせながらそう言った。

じゃいこっち

その動物のひげを引っ張ってみると、反対側のひげが短くなった。

おかめちゃん

友人がそろばん教室に通っていた頃、私はビームを出す練習ばかりしていた。

野村バンダム

「世が世ならぼかぁ、ちょっとした有名人だぜ」そう言いながら彼は空の浴槽で丸くなる。

小夜子

〔自由部門〕

女子生徒だけが集められた体育館で、長年映写機を回す仕事をしている。

TOKUNAGA

高速から手を出すとおっぱいを触った感覚に似てるという噂を信じ、彼は右腕を切断した。

たくわんシャキ男

「皮が肉を包んでいるという点では、人間も餃子も同じようなものよね」モトコはそう言いながら一口頬張った。

小夜子

財布を拾った私の前に、天使と悪魔と落とし主が現れた。

TOKUNAGA

鉄仮面が、裏面（つまり顔をあてがう側だ）を上にして道端に落ちていた。

紀野珍

遅れてやって来た男は、室内の状況を把握するのに十秒ほど費やし、輪唱のしんがりに加わった。

紀野珍

〔自由部門〕

キンモクセイだけを嗅ぎたいのに、銀杏が肩を組んでくる。

義ん母

まさかあのオプションをつける客がいるとは。披露宴会場のスタッフ達は、式を直前に控え、かつてない高揚感に包まれていた。

ジャイアン

森を歩いていると、突然林に出た。

ウウタルレロ

別れた妻を町で見かけた。思わずブレーキを踏んだ。犬の鼻が車の窓ガラスにつつーっと線を描いた。

x・issa

〔自由部門〕

今は昔。虹色の橋を封鎖せんとする男ありけり。

蒼月

「いきなり、あなたの都合で会えなくなったんだから、どうか、私の都合でもう一度会いたい」そこまで書いて苑子の筆は止まった。

りんごぱん

ガラスの靴に足を入れると、肌色になった。

おかめちゃん

「それじゃ私が一番可哀想じゃない！」隣の席の女は電話を乱暴に折りたたむと、机に伏した。

ゆとりバルス

嘘つきの乳母は、人がよく死ぬお話ばかり読んでくださいました。

紀野珍

町が赤に染まる。隣をランドセルが駆け抜ける。ドヴォルザークが鳴り響く。夕暮れ時の、匂いがする。

新品の畳

〔自由部門〕

〔自由部門〕

夫婦喧嘩の末、リビングにブランコを作ることになった。　もんぜん

母が指を鳴らすと、手作りのペガサスに乗った父が登場した。　もんぜん

プールに浮かぶ月は彼女のバタ足にゆらゆらと揺れた。　夏猫

かゆい、というのは、どうしてこんなにまぬけなんだろう。

xissa

強烈な尿意と戦いながら歌ったら初めて入賞した。シャンソンというものがますますわからなくなった。

ジャイアン

ブルーシートをめくるたびに被害者はさまざまな表情に変わり、21回目で最初の状態に戻った。

大伴

〔自由部門〕

金色のクレパスに最も近い色は梨だ。

TOKUNAGA

その音楽家の作品はどれもゲームの宿屋のBGMにしか聴こえなかった。

大伴

思い切りブランコを漕ぐと、爆撃機の編隊と自転車の吉村が交互に目に飛び込んできた。

TOKUNAGA

ハトが乗り、次で降りた。

哲ロマ

電車が通るたびに、遺影が傾いてゆく。

おかめちゃん

古事記にする？　日本書紀にする？　それとも風・土・記？

吉蔵

〔自由部門〕

蛇足③

冗談で出したヤリイカがクリーニングされて戻ってきた。

新鮮なイカがスルメになって戻ってきた。あとよく見るとタグもついてた。余計な修飾を廃した簡潔な文体がナンセンスの切れ味を一層高めている。

「猫の手も借りたいよ！」その声に反応した城下町の猫達が、一斉に天守閣を目指し大移動し始めた。

ヒゲをピンと立てた勇ましい猫たち、猫の大群に目を丸くする町娘、猫に囲まれひれ伏す家老。めくるめく萌えビジュアルが頭を支配する。

サンドイッチの境目がわからず、そっとパンの枚数を数えてみた。

日常のディテールに潜んだミクロな哀愁。コンビニの湿ったタマゴサンド、数えたパンはまさかの奇数。

女子生徒だけが集められた体育館で、長年映写機を回す仕事をしている。

どうしても女子だけの体育館に潜り込みたかった少年は、そこでスケベな映写技師に出会う。その後ふたりは性教育フィルムを通して年の差を超えた友情を深めてゆく。名作

「ニュー・シネマ・パラダイス」に匹敵する感動物語。冒頭の語り手は無論、あの日の少年である。

キンモクセイだけを嗅ぎたいのに、銀杏が肩を組んでくる。

匂いの擬人化というアクロバティックな手法が見事功を奏した秀作。食べると美味しい銀杏だが、ここでは合コン帰りにおける「狙ってない方」の役柄を好演している。

森を歩いていると、突然林に出た。

森と林、あいまいな境界が「突然」切り替わる。にわかにはイメージしづらいが、そのもどかしさが逆に読者の心を捕らえる。しかし当たり前と思っていた状況が気づいたときには一変していたという経験は人生においてままある。示唆的な作品かもしれない。

別れた妻を町で見かけた。思わずブレーキを踏んだ。犬の鼻が車の窓ガラスにつつーっと線を描いた。

冒頭大人のドラマを匂わせながらそれとは関係なく、慣性の法則にしたがった描写がオチとして用意されている。物語とは編集された主観に過ぎない。ドラマとマヌケは常に同時に起こっている。

今は昔。虹色の橋を封鎖せんとする男ありけり。

踊る竹取捜査線。テーマ音楽は琴バージョンで。

町が赤に染まる。隣をランドセルが駆け抜ける。ドヴォルザークが鳴り響く。夕暮れ時の、匂いがする。

光線の加減、懐かしい匂い、不意に横切る誰かの気配、それら五感に触れるすべてがある条件を奇跡的に満たしたとき、人の胸にはドヴォルザークが鳴り響く。

夫婦喧嘩の末、リビングにブランコを作ることになった。

そしてリビングに白いブランコが完成した。妻の揺れる背中を押しながらもう一度やり直そうと心に誓った。翌朝、やっぱり邪魔！と再びケンカに。

プールに浮かぶ月は彼女のバタ足にゆらゆらと揺れた。

真夜中こっそり忍び込んだ学校のプールだろうか。甘美な青春の一場面。月を揺らす女性は誰が演じるか、脳内キャスティングも楽しい。

ブルーシートをめくるたびに被害者はさまざまな表情に変わり、21回目で最初の状態に戻った。

最後にもとに戻るまで計二十回の顔芸は圧巻だった。ただ惜しいのは「アイーン」が二回入っていたことだ。

その日、少女はエイプリルフールの日だと知らずに告白した。その日、少年はエイプリルフールの日だと思って承諾した。その日、二人の物語は動き出した。

春乃はじめ

〔自由部門〕

砂時計の中に、一匹の蟻が閉じ込められていた。

赤嶺総理

2時間24分、星のないプラネタリウムだった。残った12人で盗賊団をはじめた。

rahio

永久に共にという約束は一人の考古学者の手で消えた。彼女は今博物館に、僕はまだ冷たい地中にいる。

あらぶるおにぎり

天女はテトラポッドから三度の助走の末、ようやく天に舞い戻った。

HSKN

親友から十年ぶりに届いた年賀状には、軽いジョークを丹念に消した痕跡があった。

TOKUNAGA

自信たっぷりに手渡されたバルーンアートが何の形なのかさっぱりわからなかった。

大伴

〔自由部門〕

ふた組のカルガモ親子が見事にクロスしたある日のこと。

もりしょう

ムアンチャイは夜のトキオを駆ける。ムアンチャイは今宵中にココナッツミルクを手にいれなければならないのだ。

鯖みそ

支配欲。先導の白バイは、そっとブレーキに手をかけた。

かよわしず

ティッシュ箱はもう空だった。宇宙もこんな形なのだろうか。

中目黒

告白を始める前に私がなぜドクダミの群生する日陰に心惹かれるようになったのか説明したい。

wabisuke

チイやんはジャングルジムの中でも器用に生活している。

TOKUNAGA

〔自由部門〕

肘で戸棚の硝子を突き破りはしたが、父のテーブルクロス引きは
成功をおさめた。

紀野珍

ひらけた催事スペースに立つ次女は、吹き抜けの先にいる二階の
三女が、フードコートで食べ残したフライドポテトを、放るのを
待ってる。

人が生きてる

恋に堕ちたあの日から一年、タンスの防虫剤が「おしまい」と告
げている。

アイアイ

まだ謎は解けていなかったが、酔った勢いでリビングに全員を集めた。

哲ロマ

〔自由部門〕

部長のあだ名を「景気」にしたら、堂々と悪口が言えるようになった。
おかめちゃん

通過列車の窓が8㎜フィルムのように僕を映した。
大伴

落花生の殻を強く握ると、部屋のどこかがみしりと音を立てた。
紀野珍

大きくひしゃげた眼鏡を、だが男はいつものように中指で持ち上げた。

凡コバ夫

おじいちゃんが柿を一直線に積み上げて売っている。

xissa

草臥れた三浪目の男が自動ドアに映り、スッと真ん中から割れた。

義ん母

「砂時計恐怖症」について、三分間お話をさせてください。そう言って彼は、机の上の砂時計をひっくり返した。

Perry The Punch

「人は人が創るもの」そう言い残してインドネシアに一人旅に出た彼は、二日間でただのおっさんになって帰って来た。

ボーズン

彼女は、水晶玉に貼り付いたシールを爪で慎重に剝がしながら、わたしの未来を予言した。

実話

総理の抱いた人形が喋りはじめた。
TOKUNAGA

村人からの依頼を断り続ける、勇者の心情を知っていますか。
右フックおじさん

どこまでも追いかけてくる月。全く追いかけて来ない彼。サンダルでは歩きにくい。
おかめちゃん

〔自由部門〕

目薬の粒が夏を通過する。その距離は、とても短い。

紀野珍

読経のさなか、坊主は口角に流れ落ちてきた汗を舐め、昨日届いた地ビールに思いを馳せた。

紀野珍

骨董市をぶらり水石を購入。立ち蕎麦を食い公園で一服。寄席の前で荻元先生に会う。火星人の話などする。

ボーフラ

祖父のお葬式はプロジェクションマッピングを使った簡素な形式のものだった。

ヒロエトオル

スタジアムが歓声に包まれた。プラカードを先頭に「未亡人チーム」が入場する。

オビワン背伸び

ゴムでできた喧嘩神輿が激しくぶつかり合う、ぶつかった衝撃で男たちは跳ね飛ばされるが笑顔は崩さない。僕はこの村の優しい祭りが大好きだ。

トニヲ

〔自由部門〕

加湿器のモヤの向こうで、父は薄いサンドウィッチを食べている。幼い私は体育座りの背をいっそう丸めた。父は私に謝ることがあるのだ。

縄のれん

彼女はプレパラートをひと舐めし、弄ぶような手つきで対物レンズを上げ下げした。彼女が〝しぼり〟に手をかけようとしたときには、その場に居た男子生徒は皆限界に達していた。

りっちゃん

蛇足④

その日、少女はエイプリルフールの日だと知らずに告白した。その日、少年はエイプリルフールの日だと思って承諾した。その日、二人の物語は動き出した。

決定的な誤解からはじまった青春ラブストーリー。ウソがマコトになったとき少女の選んだ意外な結末とは？　これ以上はネタバレになるので書けない！とつづきもないのに思わされてしまう傑作。

〔自由部門〕

砂時計の中に、一匹の蟻が閉じ込められていた。

ダリの絵画を思わせる正しくシュールな象徴性。時間の砂に空いた蟻地獄はもうひとつの地獄に通じている。

2時間24分、星のないプラネタリウムだった。残った12人で盗賊団をはじめた。

星座をつくる星は自分が星座の一点なんて自覚はない。ましてや自分が属する星座のメンバーなど知る由もない。おそらくこの盗賊団も星座と同じだ。

親友から十年ぶりに届いた年賀状には、軽いジョークを丹念に消した痕跡があった。

変わった自分を見せるべきか、変わらぬ自分を見せるべきか、親友の逡巡が窺える。とりあえずそのジョーク、鉛筆で擦って浮かび上がらせたい。

自信たっぷりに手渡されたバルーンアートが何の形なのかさっぱりわからなかった。

本人はプードルのつもりらしいが、培養中の大腸菌にしか見えなかった。

ふた組のカルガモ親子が見事にクロスしたある日のこと。

マスゲームさながらのグラフィックな光景が目に浮かぶ。まったく関係のない場所でそこそこの奇跡が起こりそう。生き別れた親子がコスプレ会場で再会するとか。

ティッシュ箱はもう空だった。宇宙もこんな形なのだろうか。

性処理後の直感が宇宙の謎を解明する。超ひも理論ならぬ超はこ理論。

ひらけた催事スペースに立つ次女は、吹き抜けの先にいる二階の三女が、フードコートで食べ残したフライドポテトを、放るのを待ってる。

読んでいるうちに立体的で、どこか不思議な光景が立ち上がる。休日の雑踏の中、次女と三女の企ては誰も知らない。それを指示した長女（＝語り手）を除いては。

まだ謎は解けていなかったが、酔った勢いでリビングに全員を集めた。

結局泥酔した探偵が泣き崩れて終わるという、推理小説史上最もグダグダな結末を迎えた伝説の書き出し。

草臥れた三浪目の男が自動ドアに映り、スッと真ん中から割れた。

深夜のコンビニ、少年ジャンプの搬入に合わせて現れるいつもの男。普段は見て見ぬふりの光景も小説的にとらえることで一気に劇的になる。ちなみに「草臥れた」は「くたびれた」と読む。

村人からの依頼を断り続ける、勇者の心情を知っていますか。

〔自由部門〕

救済とは本来自立支援を目的にするものであって、場当たり的な援助は当人にとってもためにならない。真の勇者はそう考えている。

目薬の粒が夏を通過する。その距離は、とても短い。

一滴の目薬が夏のすべてを映している。一瞬の出来事が夏のすべてを語っている。

読経のさなか、坊主は口角に流れ落ちてきた汗を舐め、昨日届いた地ビールに思いを馳せた。

暑苦しい描写、僧侶とビールの組み合わせが独特のリアリティを獲得している。読経終わりのビールが美味い。ゴクゴク動くのど仏、和尚の仏はのどにいる。

骨董市をぶらり水石を購入。立ち蕎麦を食い公園で一服。寄席の前で荻元先生に会う。火星人の話などする。

飄々とした語り口に小粋な世界観。文末さりげなく登場した荻元先生が気になる。なにかの伏線だろうか。実は荻元先生が火星人という展開もあり得る。

祖父のお葬式はプロジェクションマッピングを使った簡素な形式のものだった。

最新の映像技術がここではとっくにエコノミー仕様として普及している。数年後には現実化してそうな近未来庶民派SF。棺に遺体を映すオプションも有り。

スタジアムが歓声に包まれた。プラカードを先頭に「未亡人チーム」が入場する。

やはり入場は喪服だろうか。観客席には旦那の遺影が並ぶ。

ゴムでできた喧嘩神輿が激しくぶつかり合う、ぶつかった衝撃で男たちは跳ね飛ばされるが笑顔は崩さない。僕はこの村の優しい祭りが大好きだ。

澄んだ秋空を舞い飛ぶ笑顔の褌男たち、たしかに爽やかな光景だ。「スポーツ神輿」として普及させれば、地域の活性化にもつながるのではないだろうか。

猿がむやみに振り回す懐中電灯に照らされ、豚は
人の様に眩しい目つきになった。

人が生きてる

〔自由部門〕

課長の嫌味は或る時、美しい結晶となった。

TOKUNAGA

魂の質量は存在する。それは屁の半分だ。バイトに行きたくない。

g-udon

猫が、なあ、と食事をねだるので、男は十字懸垂を中断した。

suzukishika

「わかりました、俺が差し色になりましょう」スイミーはいつも洒落た言い回しをする。

パク

発射した三匹の鼠のうち、二匹はしっかり酒樽に食い込み、もう一匹は「ロマンス」の語源となった。

義ん母

むせかえった父は、大量に舞い上げた粉薬を残し、忽然と消えた。

TOKUNAGA

がらんとしていたので、ぼろんと出した。

もんぜん

見たことのない単位の数値を突きつけられ、そこそこの剣幕で抗議された。

紀野珍

初めての結婚記念日を旧姓で迎えた。

おかめちゃん

博士は捨て犬に点Pと名付け、首に鎖をつけ杭につないだ。

黒船鬼太郎

辞書そっくりの角煮をほぐすと、父はどんどん言葉を失っていき代わりに近所の猫が喋れるようになった。

たまたま

今晩も天体観測と称し、あの柔い脇腹へ冷えた右手を突っ込んでやる。

merumo

〔自由部門〕

指向性を持つ波や粒子の流れをビームと呼ぶ。つまり暴れ牛の群れに指向性を保たせれば、それは牛ビームだ。牛に跳ね飛ばされて宙を舞いながら、私はそんなことを考えている。

バルクマン

数年ぶりに会った彼は隻腕になっていた。聞けば、どこぞの戦地で失ったのだという。わたしはと言えば、背が4センチ伸び、猫毛に少しこしが出た。

clara-co

慣れない歯磨き粉の味は、僕を優雅な気分にもした。

ハラセン

失くしたとは言えなかったアレを、かがり火に照らされた鵜が吐き出した。

おどげっつぁん

長い坂道を、ふたつのカットマネキンが、追いかけっこをするように転がっていく。

紀野珍

〔自由部門〕

「そん話、ちっとおがしぐねえが?」声のしたほうを見上げると、祖父が逆さの状態で木を滑りおりてきた。

紀野珍

義父とは初めから趣味が合った。

ウユニ塩子

わしは最近の若者にはシェケナが足りないと思う。シェケナとは、簡単に言うと、下ネタのことだ。

ぬけさく

お風呂上がりにヨーグルトを食べる事で、かろうじてOLの誇りを保てている。

もんぜん

〔自由部門〕

通話中、背後から携帯を奪った猿は、彼女の声と共に茂みの中へと消えた。

TOKUNAGA

人の顔にはね、ピウメがいるの。かわいいピウメ、馬のようなピウメ。

無辺世界

桃をもいで酒と交換し、半分飲んだところで残りを焼き鳥一串と換え、迎えに来た犬にひとつやり、竹串を咥えたまま帰る。

xissa

端から端まで倒れた自転車ドミノの中ほどに、僕は組み込まれていた。

紀野珍

死後、彼の物真似は評価された。

紀野珍

復讐者達とは、鉄男、破留苦、強力雷神、鷹目、黒後家らを米国主将が束ねる、漫画的英雄団体である。

よしおう

〔自由部門〕

西でインコに論破され、東でオウムに慰められた。

義ん母

検索窓にピンクのカーテンをつけた家内は「可愛い言葉しか検索しないでよ」と甘えながら言ってきた。

松っこ

じいちゃんが傘の柄のほうで地図を指すので、行き先がほとんどわからない。

xissa

虎穴に入らずんば〜の、ズンバのリズムで今宵も僕は踊る。もちろん独りでだ。

不眠

メールを打つ手が止まる。予測変換が私の気持ちを追い越していく。

流し目髑髏

落ちたら死ぬの。スカートを翻し、真夜中の横断歩道を跳ね渡る。

小夜子

どの麺も濡れているが、小麦の時は乾いていた。

義ん母

フィリピン・レイテ島沖に住む人魚にとって、沈んだ軍艦を家にする事が一つのステータスとなっているという。

prefab

もうここには誰もいません、という声がして、足音が次第に遠ざかっていった。

xissa

蛇足⑤

猿がむやみに振り回す懐中電灯に照らされ、豚は人の様に眩しい目つきになった。

強烈なビジュアルインパクト。猿と豚のパニック状態の中たったひとつ挟まれる「人の様に」という比喩。本能丸出しの動物が人間の隠し持つ恥の根源を暴いている。圧倒的な不快感によって逆に頭から離れない傑作。

魂の質量は存在する。それは屁の半分だ。バイトに行きたくない。

現実逃避の彼方に見た誰とも共有できない真理。ただその心理には深く共感できる。

「わかりました、俺が差し色になりましょう」スイミーはいつも洒落た言い回しをする。

アクセントの差し色が周りの色彩を際立たせるように、幸福には一抹の不安が、恋愛には小さな嫉妬が不可欠だ。スイミーとはそんな「負のサムシング」を請け負う妖精のようなものかもしれない。

発射した三匹の鼠のうち、二匹はしっかり酒樽に食い込み、もう一匹は「ロマンス」の語源となった。

観念的なスラップスティック。言葉の及ば

〔自由部門〕

ない形而上的世界では日々こんなドタバタ劇が行われているのかもしれない。その後の「ロマンス」が気になる。

がらんとしていたので、ぼろんと出した。

省略された「場所」と「モノ」が読み手にさまざまなイマジネーションを促す。私的には終電の終着駅近く、誰もいない車内と見た。なにをぼろんと出したかについては言うに及ばない。

「そん話、ちっとおがしぐねえが?」声のしたほうを見上げると、祖父が逆さの状態で木を滑りおりてきた。

印象的な登場シーンという点では満点の出来。元彼から恋愛相談を受けたという彼女の発言に、納得いかない祖父が孫より先に口を挟んできた、という状況と読んだ。

通話中、背後から携帯を奪った猿は、彼女の声と共に茂みの中へと消えた。

一瞬の出来事に固まる主人公。耳奥にはいまだ事情を知らない彼女の笑い声が残っていた。

人の顔にはね、ピウメがいるの。かわいいピウメ、馬のようなピウメ。

もはや譫言《うわごと》にしか思えない謎の書き出し。ピウメの意味をネットで調べたが結局分からなかった。顔ダニのことだろうか?

復讐者達とは、鉄男、破留苦、強力雷神、鷹目、黒後家らを米国主将が束ねる、漫画的英雄団体である。

聞いたこともないヒーローの集結ぶりにときめく。英語読みならリベンジャーズ。とくに黒後家が気になる。思いっきりベタなアメコミ調で想像したい。

検索窓にピンクのカーテンをつけた家内は「可愛い言葉しか検索しないでよ」と甘えながら言ってきた。

どうやって検索窓にカーテンをつけたのかも謎だが、家内の価値基準もまったく分からない。たとえば「空母」は可愛い言葉に入るのだろうか。

虎穴に入らずんば～の、ズンバのリズムで今宵も僕は踊る。もちろん独りでだ。

誰もが心のどこかで引っ掛かりながらもスルーしていた語句を見事に掬い取った。読後、聴いたこともないズンバのリズムが自然と脳内に流れ出すから不思議だ。

どの麵も濡れているが、小麦の時は乾いていた。

唐突にこの一文を突きつけられたとき、人はいったいどんなリアクションを取ればいいのだろう。しかし単なる事実として看過するには惜しい「もののあはれ」を感じる。濡れた麵は乾いた原料に戻れない。これは逆再生された諸行無常である。

規定部門

後半は規定部門を紹介する。

規定部門では毎回ひとつのモチーフを挙げて、その言葉から連想される書き出し小説を募集した。モチーフとは絵画の世界で「主題」を意味する。本来ならテーマやお題といった方が分かりやすい気もするが、デッサン的な書き出し小説にふさわしい呼び方として採用した。

規定部門は必ずしもその言葉を入れ込む必要はなく、モチーフから連想された作品ならなんでもいい。モチーフの解釈や扱い方、また距離の取り方などに作者それぞれのセンスが表れていて面白い。そのあたりの趣向の凝らし方にぜひ注目して欲しい。

ちょうど小説が純文学と大衆小説に分けられるように、書き出し小説も自由部門は作家性や実験性が強く、規定部門はサービス精神旺盛な笑える作品が多い。直球、変化球乱れ飛ぶ、書き出しエンターテイメントを楽しんでいただきたい。

【桜】

自家用ヘリで現れた新入社員は、すべての桜を散らしてしまった。

suzukishika

〔規定部門〕

〔規定部門〕

桜の木を見ると、行った事も無ければ、今はもう営業もしていない遊園地を思い出す。

伊東和彦

あの工場の裏手にあるごみ集積所の桜は、毎年むやみに早く咲く。

棗丸

七分咲きの桜の枝に、ちいさなビニール袋で泳ぐ赤い金魚がぶらさがっていた。朝日を浴びてゆらゆらしている。捨て金魚だ。

x・i s s a

毎年、桜前線とともに親父が金をせびりにやって来る。

おかめちゃん

靴の底から出てきた花びら、頭に巻かれたネクタイ、俺のアリバイは完全に崩れた。

Yves Saint Lauにゃん

またこの教室で桜が見れる事を嬉しく思う。

トミ子

〔規定部門〕

【失恋】〔規定部門〕

「失恋か？」と問われれば、頷かざるをえなかった。

五月雨のパンツ

失恋詐欺の可能性がありますね。耳慣れぬ言葉に私は首をかしげた。

じゅんじゅん

俺は今、愛すべき女とバージンロードを歩いている。神父さんはすぐそこにいるのだが、俺が歩くのはここまでだ。

さっかく

十年ぶりに出会った彼女を見て、僕はまだ自分が上手く失恋できていないということに気がついた。

東雲長閑

〔規定部門〕

葡萄の皮がきれいに剝けない。僕を弄ぶのは、あの人だけにしてくれないか。

しろみ

なで斬り、けさ斬り、みじん斬り。斬り伏せられた無数の嚆矢。矢先に結んだ文の意を、二年も経つのに彼は知らない。

織部考子

へえ、そうなんだ。うん、いいよ。吉原とは仲良いし、色々知ってるから。なんでも聞いてよ。

鎮痛

「二次元にだって失恋は有るよ」マウスを握りしめて、野田は静かにそう言った。

夏猫

泣き腫らして帰宅した中学三年生の娘は、制服も着替えずに居間でヨーガを始めた。唇を震わせてチャクラを練り上げていく。

鈴木

お隣のうちのお兄ちゃんが、また寝癖をつけたまま学校に行くようになった。

ぽこあぽこ

〔規定部門〕

【忍者】

〔規定部門〕

通勤電車と並走する沢山の忍者達が、ボクの部
屋のベランダを駆け抜けていく

雷系

好きになった人がたまたま忍者だっただけ。そう言うと知子は折り紙で手裏剣を作り始めた。

トミ子

広瀬の家の玄関を開けるといきなり穴に落ち、目の前の壁を押したら一回転して庭に出た。

おかめちゃん

「もうイヤっ!!　パパなんて大ッ嫌い!!!」煙玉を地面に叩きつけ、シゲ美は走り去った。

雷花

〔規定部門〕

隠れ身の術にリバーシブルの布を使うのは、ときに致命傷を招く。

おかめちゃん

「このガマ乗りにくいわね」女は不機嫌そうにそう言った。

夏猫

「忍者の末裔なの？　だったら、それを隠し通すのが粋じゃない？」そんなことを言うのは、君が初めてだった。

赤嶺総理

父さんは妹をかばって死んだ。母さんは弟をかばって死んだ。そうして、誰にも愛されなかった私だけが生き延びた。

織部考子

「寒かったでしょ」牡丹はそう言って私のコートを脱がすと、壁に刺さった手裏剣に掛けた。

ヨーヨー大会

「貴女はもう、忍ばなくていい」そう言った彼は花嫁のベールを上げるかのように、私の頭巾をそっと外した。

とらぼ

〔規定部門〕

【猫】

〔規定部門〕

「だったら私はどうすればよかったんです?」この会議が始まってからどれくらいの時間が経ったただろうか。未だに十二支を外された納得感のある理由は聞き出せていない。

春乃はじめ

庭先の猫が春を咥えてやってきた。

夏猫

「金魚よりも雀が旨い」そんな話も出来ない奴らが野良を語る時代になった。

皮すけ

見慣れないストッキングの膝がこたつの中に現れた。ふいに布団が持ち上がり、顔を突っ込んできた女と目が合う。俺のひげがキュッと引き締まった。

棗丸

〔規定部門〕

〔規定部門〕

猫は真珠を受け取り、豚に小判を差し出した。

タンポポ鬼馬二

ちっちっちっちっちっちっちっ、ちっちっちっちっちっちっちっ、ちっちっちっちっちっちっちっ、ちっちっちっ……チッ。

哲ロマ

これから「宇宙の奇跡」とも呼ばれる最高にエレガントなある動物の話をしようかにゃと思う。

ぽこあぽこ

今日も彼は帰ってこなかった。一人分のパスタをゆでる。窓に月。
足元に落ちた乾麵を、猫がぽりぽり齧っている。

x i s s a

「この小憎らしい肉球さばきは『速跡の銀次』の仕業に違いねぇ」コンクリに屈み込んで親方は歯嚙みした。

只の

前の家には炬燵があった。

Y v e s S a i n t L a u にゃん

〔規定部門〕

【妹】

〔規定部門〕

けさ、我が家に牛五十頭が届けられた。あした妹は異国に嫁ぐ。

木倉

囲まれた！　十二人の妹たちが血走った眼で俺を狙っている。

都会のタヌキ

喪服の胸元からネックレスを外すと妹は、ハンカチで丁寧にぬぐい始めた。「汗に弱いのよ真珠は」遠雷が聞こえる。

wabisuke

何作目かを聞きたかったのだろう妹が、私に尋ねて来た。「今やってるの、なん丁目の夕日？」

菅原 aka $.U.Z.Y.

〔規定部門〕

〔規定部門〕

妹は月に一度羽化をして窓の外に羽ばたく。私は戻ってきた彼女の汚れた足をそっと拭う。

夏猫

妹が鱧を骨切りする音で目覚めた。清々しい朝だ。

概念覆す

僕の家庭は少々込み入った事情があって、僕には血の繋がっていない、戸籍上なんの繋がりも無い、同じ家にも住んでいない妹がいる。

すずき

捕まった渡辺の部屋からは、妹のランジェリーと、私の『美味しんぼ』が押収された。

ただの県民

爆音を立てて妹は離着陸を繰り返している。

xissa

「兄者！　風呂だぞ！」「うん」

TOKUNAGA

〔規定部門〕

〔規定部門〕

雨

この雨は、めぐりめぐっていつか私の涙を構成する。

おかめちゃん

雨男の軍事的有用性が認められて早数年、俺はとある軍に従事していた。

若旦那

激しい夕立が過ぎ去ると、風船を配っていたピエロが、交番の掲示板で見た男に変わっていた。

TOKUNAGA

突然の大雨で、海岸近くにずらりと干されたタコが立体感を帯びてきた。

おかめちゃん

〔規定部門〕

〔規定部門〕

唇が離れると同時に雨音が戻ってきた。

東雲長閑

傘を忘れて立ちすくむ私に、傘を投げつけてきたのが今の旦那だ。

団栗鼠

雨の中、変わった踊りをする老人がいた。初めは馬鹿にして見ていた人びとが、一転驚愕の表情に変わった。そう、彼は雨粒を〝すべて〟避けていたのだ。

g-udon

兵馬俑の隙間で傘を差せば、俺を中心に石像はどんどんドミノしていった。

義ん母

ライブ中盤から降り出した雨のおかげで、どうにか観客にも一体感が生まれた。

伊東和彦

彼女のブラウスは透けない素材だった。

へねもね

〔規定部門〕

【無職】

〔規定部門〕

信じてもらえないかもしれないが、本当に家事を手伝っている。

よしおう

焚き火に限界まで手を近づけてみた。無職にとっても火はとても熱かった。

綾子

二駅はなれたＴＳＵＴＡＹＡで、映画を借りた。来週の予定がひとつできた。

義ん母

「この中に、お医者様はいませんか！」無職が起こす、奇跡のドラマを今はまだ、誰も知らない。

菅原ａｋａ＄.Ｕ.Ｚ.Ｙ.

〔規定部門〕

〔規定部門〕

「無職とニートを一緒にするんじゃぁない！」そう憤る彼は、ニートの方である。

とらぼ

「酸素を二酸化炭素にする仕事」自分の今の仕事をそう説明すると、大抵の人は僕が化学メーカーに勤めているのだと勘違いする。

あさせがわ

夢もない。希望もない。家族もない。仕事もない。ただ一生かけても使い切れないほどの預金が銀行口座にあるだけだった。

M

「このボールペンじゃ履歴書は書けない」息子は少し怒った口調で二階に上がっていった。

坂口川端糸井

カーテンを開けた。直にわかる。今日は一日良い天気なのか、だったのか。

哲ロマ

楽なのは肉体だけ、肉体だけである。

すり身

〔規定部門〕

【殺人事件】〔規定部門〕

そのバラバラ死体を組み合わせると、どうやっても腕が一本余る。

おかめちゃん

「犯人はこの中にいる！」膨大な国勢調査のデータを眺めながら、警部はそう叫んだ。

夏猫

「立入禁止」と書かれた黄色いロープを、隆は華麗なベリーロールで越えていった。

あむねじ

今日、初めて君のコートが僕の部屋のクローゼットに掛かった。君が暴れるから、少し汚れてしまったけれど、仕方ないよね。ああそうだ、一緒にお風呂に入ろう。僕が洗ってあげる。

ちゃん蔵

〔規定部門〕

このペンひとつで何人も人を殺してきた。

トミ子

最初に断っておくと、この殺人事件の犯人は医師の中条である。物語の中盤で登場する優しそうな人物だ。完璧なアリバイもあり、皆さんもきっと驚くだろう。それでは話を始める。

g-udon

現場の写真をこっそりアップしたら、285人から「いいね！」がつけられていた。

大倉野のりゆき

百人一首クイーンの手が、まっすぐに取り札に向かう。勢いよく飛んでいく取り札。眉間に刺さった札は、奇しくも読み手の最期の言葉となった。

こめ

名探偵十人の推理がきれいに割れた。

大伴

それはあまりに完璧な殺人計画で、誰かに話さずにはいられなかった。

杉浦印字

〔規定部門〕

【母】

〔規定部門〕

母さんの育てた花が初めて蝿を捕えた。

TOKUNAGA

血染めのティッシュでカーネーションが出来上がった。　小夜子

村長と初めて会った時、母は自分のことを「俺」と言った。　サイドライス

母が、十五年の時を経て、いよいよあの「かたたたき券」を使うらしい。　たけち

〔規定部門〕

田舎の母からみかんの段ボール箱が下宿に届いた。中を開けると大量のりんごにサバ缶、タッパーに入った漬物、そして緩衝材のつもりなのか親父が穿いていたブリーフ10枚が丸められていた。

g-udon

「トマホーク、早くお風呂入りなさい！」「トマホーク、初任給は自分の為に使って良いのよ」「トマホーク、お嫁さんをしっかり守ってね」母は亡くなるまで結局一度も洋介とは呼んでくれなかった。

ミヤガワ

産みの母、育ての母、優しく叱ってくれる母、ほか総勢三十一名で僕の母は構成されている。

おどげっつぁん

「もう一度だ。失敗は成功の？」監禁から六十八時間。ミスターの答えは未だ変わらない。

ねことか

母は新しい母とハイタッチを交わして、去って行った。

義ん母

〔規定部門〕

蛇足⑥

【桜】
自家用ヘリで現れた新入社員は、すべての桜を散らしてしまった。

桜吹雪と轟音の中、降りてきた新入社員は変わり者の御曹司。枝しか見えない花見の席上、カツラを飛ばされた上司が涙を堪える。

またこの教室で桜が見れる事を嬉しく思う。

同じ教室、同じ景色、ただひとつ違うのはクラスメイトが若干若返ったこと。

【失恋】
「失恋か？」と問われれば、頷かざるをえなかった。

これほど哀しい自問自答があるだろうか。

「二次元にだって失恋は有るよ」マウスを握りしめて、野田は静かにそう言った。

ゲームで振られたとか突然作画が変わったとか、そういう浅はかな言葉とは考えたくない。決して手の届かない二次元への恋はあらかじめ失われた恋なのだ。

【忍者】
隠れ身の術にリバーシブルの布を使うのは、ときに致命傷を招く。

忍者の注意事項としては他に、マキビシを自分の前に撒かない。水遁の術で使う竹は節を抜いておく。天井裏からの偵察では性的好奇心を抑える。などがある。

父さんは妹をかばって死んだ。母さんは弟をかばって死んだ。そうして、誰にも愛されなかった私だけが生き延びた。

この後、主人公は家族を襲った忍の組織に入る。復讐の相手は敵ではない。自分を見捨てた家族、そして生き残った自分自身である。

【猫】

これから「宇宙の奇跡」とも呼ばれる最高にエレガントなある動物の話をしようかにゃと思う。

〔規定部門〕

文末近くに挟まれた「にゃ」で突然これが猫の一人称であることが分かる。高飛車だけどどこか憎めない猫の口調に思わず頬がゆるむ。

前の家には炬燵があった。

ホットカーペットとか床暖とかそういう問題じゃない。利便性を追求するあまり日本人としての心の風景まで失うのはいかがなものか？　おそらく猫はそう言いたい。

【妹】

けさ、我が家に牛五十頭が届けられた。あした妹は異国に嫁ぐ。

義弟となる新郎はさすが首長の息子だけあって貫禄に満ちていた。一夫多妻制の部族らしく妹は十八番目の妻になるらしい。

「兄者！　風呂だぞ！」「うん」

どんな兄妹やねん！というツッコミと同時に屈強な妹と軟弱な兄のビジュアルが浮かぶ。兄の方は普段妹の肩に乗って移動してそうな気がする。

【雨】

この雨は、めぐりめぐっていつか私の涙を構成する。

循環の過程には下水もあればトイレもある。だがそういう場所を経てこそ本物の涙という気もする。深い。

兵馬俑の隙間で傘を差せば、俺を中心に石像はどんどんドミノしていった。

まずこの設定がどこから降りてきたのか訊いてみたい。倒れる兵馬俑を俯瞰で見ればちょうど雨粒の波紋のように見えるかもしれない。

【無職】

二駅はなれたTSUTAYAで、映画を借りた。来週の予定がひとつできた。

無職だって充実したい。返却はスーツで行こう。

楽なのは肉体だけ、肉体だけである。

無職というモチーフを前提とすることで更に深く染みる作品。寝転がってテレビを観ているようにしか見えないが内面は誰よりも戦っている。頭を支える腕だって実は結構痺れるのだ。

【殺人事件】

そのバラバラ死体を組み合わせると、

どうやっても腕が一本余る。

過ぎたるは及ばざるが如しの語源にもなった凶悪事件。余っていいのは余罪だけである。

現場の写真をこっそりアップしたら、

285人から「いいね！」がつけられ

ていた。

犯人は現場に戻るという習性を利用した囮捜査かもしれない、と一瞬思ったが、ゆとり刑事の仕業だった。

〔規定部門〕

【母】

母さんの育てた花が初めて蠅を捕えた。

内容と文体の「間」が秀逸。敢えて平易な文体に抑えることにより、それを見守る家族の微妙な感情まで伝わってくる。

母は新しい母とハイタッチを交わして、

去って行った。

ここは父の後妻という現実的な深読みをするより、言葉通り何もない地平線に消えて行く母を想像したい。

〔規定部門〕

【アイドル】

あの娘が一日署長になるという記事は、僕に自首を決意させた。

TOKUNAGA

「オーディションに勝手に応募する友達」というのが、彼女にとってての「僕のポジション」らしい。

はるかな

アリの巣からやってきたという設定は無理があると、前から思っていた。

かりを

泥に落ちないように、回転する丸太の上でキャーキャー言っているアイドルもいれば、泥の中でじっとそいつが落ちてくるのを待っているアイドルもいる。

井上だいすけ

〔規定部門〕

アイドル先進国と持て囃されて幾年月。国民のすべてがアイドルを自称するようになったこの国で今最もホットな話題は佐藤三郎さん（53歳）の一般人っぷりだった。

scalar

小さい頃、夜明け前にお兄ちゃんと裏山にカブト虫を採りに行ったら、大きな木の下で軍服を着たお爺ちゃんが首を吊って死んでたんですよ。というスタジオトークは、オンエアでは全てカットになってました。

菅原aka$.U.Z.Y.

いきなり売れ過ぎたので、水泳大会のワイプで歌うという彼女の夢は潰えた。

g－udon

パプアニューギニア公演は、あわや村の守り神として拘束されそうになるほどの大成功を収めた。

パンナム航空

倒産寸前で、もう何も売るものが無い我が社。今日の株主総会で、取締役五人をアイドルグループとして売り出す事が決まった。

イワモト

〔規定部門〕

〔規定部門〕

【コンビニ】

「あ、箸いらないっす」そう言って大統領は微笑んだ。

大伴

飼い主を待つ犬が自転車のスポークに顔を突っ込んで店内を覗いている。

xissa

コピー待ちの行列が店の外まで伸び、昼時のラーメン屋の行列と交わっていた。

紀野珍

スープはるさめを買ったら、ストローをつけられた。

おかめちゃん

〔規定部門〕

昼時のレジで長い黙禱の鐘が鳴った。

TOKUNAGA

強盗の目を盗みボタンを押すと、天井のミラーボールがゆっくりと回り始めた。

アイアイ

ウェディングドレス姿の花嫁が駆け込んできたかと思うと、息を切らしながらブーケはあるかと聞いてきた。

g−udon

深夜のコンビニの窓ガラスにびっしりつくバッタを見て、ああ、帰ってきたんだな、と思った。

みつる

あの娘が温めてくれた弁当とあの娘が取り出してくれた唐揚げ。これはもうあの娘の手料理という事でいいんじゃないか。

伊東和彦

「私の夢はね、このコンビニ丸ごと、国に持って帰ることよ」そう言って微笑むジャネットの後ろに、夕焼けに染まるサバンナが見えたような気がした。

ちかぞお

〔規定部門〕

【中学生】〔規定部門〕

深夜、ストリートビューで佐々木さんの家へと向かった。

TOKUNAGA

少年は十五歳になり、恋の仕方を覚え、挫折の苦味を味わい、右手から龍が生まれないことを知った。

ZERU

闇属性の俺と光属性のあいつが、親友になれるなんて思っていなかった。

おかめちゃん

校歌を三番までスラスラと歌えるのは、私の場合、小学校でも、高校でもない。

Perry The Punch

〔規定部門〕

入学式が終わる頃には「上流の岩」と呼ばれていた。

がちようじょ

黒板、シャーペン、連立方程式。舌の裏に隠したたまごボーロが、ゆっくり溶けていく。ヒソヒソと笑い声が起こった。誰かが、食べてるな。カレーせんべい。

みつる

友人にあげた自作のデモテープを、まさか自分の結婚式で流される日が来るとは思わなかった。

おかめちゃん

生まれてはじめて手をつないだのは、放課後の階段。三段分だけのデート。今も引き摺っていると知ったら、あの人はドン引くだろうな。

夏目

不毛な社内会議に出るたびに、「バケツのどこまで水を入れるか」でもめた中学のホームルームを思い出す。

xissa

小学校の時と比べて、教室から出る綿埃が少し黒くなった。

義ん母

〔規定部門〕

【匂い】

〔規定部門〕

その香水は、世界一臭い汗を極限まで薄める事で出来上がる。

prefab

闇金融の男は夕焼けの匂いがした。

TOKUNAGA

久しぶりに嗅ぎに行こうかと寄ったそば屋の排気ダクト下には既に先客がいた。

哲ロマ

会衆の中から迷うことなく私を選び出した司祭は、そっと私の頭頂部のにおいを嗅ぐと司教をふり返ってゆっくりとうなずいた。

wabisuke

空気清浄機が活発に作動しはじめた。どこかにあいつがいる。
大伴

子どもがふたり、かわりばんこに消しゴムの匂いをかいでは笑い転げている。
xissa

こんな都会の雑踏の中で一瞬、田舎のおばあちゃんちの匂いがした。おばあちゃんが居た。

哲ロマ

蠟燭の匂いが鼻先で揺れる。次はムチの出番だ。

夏猫

彼女の匂いをどうにかめんつゆに例えることができた。

ジョンレモン

「あー、犬の匂い犬の匂い」と、頭を嗅がれた事がありますか？
犬なのにですよ？

921

〔規定部門〕

【怪談】

〔規定部門〕

「うちの子は本当に手の掛からない子で……」加藤さんはそう言いロッカーの鍵を回した。

ゴマパワー

おばあちゃんが話してくれる怪談はとびきり怖くて為になる。
トニヲ

それぞれ七不思議を持つ二校が統合し、十四不思議となった。
紀野珍

「ガチで」で始まったチャラ男の怪談は「パない」であっさり終わった。
大伴

お一人様専用です。と、断られた。

TOKUNAGA

「目玉焼きを作ってみたのよ」「もう見えないよ」

TOKUNAGA

もしもし婆ちゃん？　オレだよ、オレ。まずい事になっちゃった。車でぶつけちゃって相手に慰謝料が必要なんだ。今から言う口座に振り込んでもらえる？　オレは死んじゃって何もできないから。

g-udon

道端に、高そうな革手袋が落ちていたので何気なく拾った。ら、
ボトリ、中身が落ちた。
福間伊与

一品だけ、過剰なほどに消されているメニューがあった。
大伴

もう会えない人にあやまりたいときは、どうしたらいいんだろう。
xissa

〔規定部門〕

【ボーイズラブ】〔規定部門〕

視線を交わしあえるのは、いつも土俵の上だけだった。

（たま）

洗面所で青色と緑色の歯ブラシがクロスしている。
トミ子

かろうじてしがみついているような俺のアイスを取り上げて、「はずれ！」だってさ。こっちにしたら当たりだよ。

松っこ

田中と吉田がトイレに行くと、決まって掃除用具入れが閉まっている。
こめ

親方！　空からオトコの子が。

なかそね

部長がネクタイを緩める。僕は心を締めつけられる。

おかめちゃん

二人の探検家は、互いのコンパスが向き合うのを確かめ、さらに奥地へと向かっていった。

ウウタルレロ

酔いつぶれた部下が肩にもたれる。運転手がミラー越しに潤んだ視線をよこす。車内に吐息が混じり合う。車は青山トンネルに差し掛かった。

ファームかずと

シェルターから出て最初に頭をよぎった言葉は「アダムとイヴ」なのだが、どうやら二人で同じ事を考えていたらしく、俺たちは苦笑混じりに肩をすくめた。

かすてら巻き

【理系】

〔規定部門〕

わかっていても、証明したい。

xissa

ピカッ！……ゴロゴロゴロ……。「2キロ……」と篤はつぶやき、グラスを泳ぐ氷に目を戻した。

ゆっぴ

妻の作る料理はいつも、おかわりがない。

xissa

iは虚数だ。そんな数は実在しない。愛は虚言だ。そんな感情に根拠はない。Iは私だ。それだけは確かに存在している。

春乃はじめ

〔規定部門〕

現在、平行線上の［ト］［シ］と［エ］［ミ］それぞれが、再び交わろうとするとき、原点の［ア］［イ］は成立するか。ただし、割り切れない［カ］［コ］の点は考えないものとする。

TOKUNAGA

おにぎりを頬張る。3つの60度の味がする。

りっちゃんの恋人

女子の存在は絶対見逃さず、そしてみんな可愛く見える。理系アイは感度が高く、精度が低いのだ。

IT9

気化熱について熱く語るあいつは、だいたい場の空気が冷えていくのに気付かない。

みつる

博士が投げた匙が触媒となって実験は成功した。

東雲長閑

告白さえしなければ僕はあの娘とある確率で付き合っていると言えたはずだ。この箱の中の猫のように。

よしおう

〔規定部門〕

【サル】

〔規定部門〕

初めての混浴に足を踏み入れた。サルがいた。

三食豆子

ろくろが止まると、それは柔らかい猿だとわかった。

おかめちゃん

列の最後尾にいた父が真っ先に襲われた。日光での話だ。

紀野珍

袖カバーをしてるとゴリラになったようで強くなった気がしないかね？　失恋で悲しんでいる私を不器用な部長が励ましてくれた。

トニヲ

秒針の音がやけに大きく聞こえる。檻の向こうの猿がそれに合わせて正確に舌を打っている。

小夜子

森の哲人は糞を片手にひっそりと佇んでいる。

TOKUNAGA

このバーボンに入っている丸氷、あきらかにさっきそこにいたチンパンジーが素手でこねくり回して作ったやつではないのか?

トニヲ

目を覚ましたとき僕は病院のベッドにいた。助かったのか。腕についている輸血チューブの先を目で辿ると、優しい笑顔のチンパンジーの腕に繋がっていた。

トニヲ

オランウータンと握手しようとして、右手をぐしゃぐしゃに潰されたことを除けば、概ねいい人生だったといえるんじゃないかな。

井上だいすけ

メガネザルにめがねをかけたら死んだ。

おかめちゃん

〔規定部門〕

【地獄】〔規定部門〕

私の地獄行きはいいが、彼の天国行きが腑に落ちない。

大伴

いくら探しても二丁目が見つからない。人に聞こうにも互いに舌がない。

g-udon

「体罰はなかった」と閻魔は主張した。

大伴

堕ちる前は正直不安だったけど、閻魔様は一人ひとりの個性を尊重してくれるし、鬼のみなさんも丁寧に教えてくださるので、すぐに慣れることができました。

イワモト

〔規定部門〕

鬼達の労働時間は平均十五時間という過酷なものだった。揚げもの担当のトクさんは地獄好きだ。

TOKUNAGA

遮るもののない日射しが痛い。短い、濃い影に汗が落ちる。物干し竿は果てしなく続き、洗濯物は一向に減らない。ああ。喉が渇いたなあ。

紀野珍

xissa

「ここ、ホントに地獄なのかな？」そう思いながら初日のタイムカードを押し、帰路に就いた。

勘定奉行

リカは、小さなジャムの空き瓶に無数の蟻を詰め込み「地獄ね」と言った。そうかもしれない。でも俺の知っている地獄はそうじゃない。

マツオ

普段着で来ていたのは私だけだった。

TOKUNAGA

〔規定部門〕

蛇足⑦

【アイドル】
あの娘が一日署長になるという記事は、僕に自首を決意させた。

本当は心のどこかでこんな日が来ることを望んでいたのかもしれない。私の自首が愛する彼女の手柄になるなら……。ちなみに罪は五年前の柿泥棒である。

アリの巣からやってきたという設定は無理があると、前から思っていた。

常に巨大な昆虫の死骸を背負っているというパフォーマンスも、そろそろ止めたい。

【コンビニ】
「あ、箸いらないっす」そう言って大統領は微笑んだ。

たしかにコンビニには年収、階級を問わず全員を平等にする磁場がある。大統領が買った弁当だって袋の中では平気で傾く。

深夜のコンビニの窓ガラスにびっしりつくバッタを見て、ああ、帰ってきたんだな、と思った。

田んぼの中のローカルコンビニ、正しく田舎の景色である。食用ガエルが自動ドアを開けることもたまにある。

【中学生】

深夜、ストリートビューで佐々木さんの家へと向かった。

中学生の頃、自転車で好きな女子の家の窓明かりを見に行ったことを思い出した。時代と手段は変わっても思春期の衝動は変わらない。誰が読んでもすっと「あの頃」に戻れる名作。

入学式が終わる頃には「上流の岩」と呼ばれていた。

中学の頃はやたらあだ名をつけるのが上手い名人がクラスにひとりはいた。そしてそういう役に立たない特技を周りも尊重する空気があった。まだ余裕があったんだなあの頃は。

【匂い】

空気清浄機が活発に作動しはじめた。どこかにあいつがいる。

逃げるあいつをルンバが追う！

子どもがふたり、かわりばんこに消しゴムの匂いをかいでは笑い転げている。

子供の頃は「臭い＝面白い」だった。そのまま成長できれば加齢臭なんて望むところだったのに。

【怪談】

一品だけ、過剰なほどに消されているメニューがあった。

ただ几帳面なバイトがすごく丁寧に季節限

定メニューを消しただけかもしれない。恐怖とは結局それを感じる人の心にあるのだ。

もう会えない人にあやまりたいときは、どうしたらいいんだろう。

何気ない一文だが、これが怪談として送られてきた作品だと知った途端、鳥肌が立つ。怖い話というよりも、いまはもう会えない人との再会を描いた切ない幽霊譚を想像した。

【ボーイズラブ】
洗面所で青色と緑色の歯ブラシがクロスしている。

毛先の傷み具合でどっちが「攻め」か「受け」かも判りそう。

かろうじてしがみついているような俺のアイスを取り上げて、「はずれ！」だってさ。こっちにしたら当たりだよ。

ノンケの友達に密かな想いを寄せる語り手の胸の内。「かろうじてしがみついているようなアイス」もどこか示唆的。しかし読後のムズムズ感は同性愛モノならではだと思う。

【理系】
わかっていても、証明したい。

たったひと言で理系とは性癖の一種であることを証明した。

告白さえしなければ僕はあの娘とある確率で付き合っていると言えたはずだ。この箱の中の猫のように。

シュレーディンガーの恋。ただ恋は思考実験じゃない。体は立証を求めている。

【サル】
オランウータンと握手しようとして、右手をぐしゃぐしゃに潰されたことを除けば、概ねいい人生だったといえるんじゃないかな。

取り返しのつかない過去もいつか受け入れられる日が来る。望もうと望むまいと。達観した語り口にどこか村上春樹的なものを感じる。

【?】
メガネザルにめがねをかけたら死んだ。

真偽を超えた説得力。死因は二重にメガネを掛けたことにより見えてしまった「宇宙の真理」に対するショック死だろう。

【地獄】
私の地獄行きはいいが、彼の天国行きが腑に落ちない。

この世とあの世では罪の査定方法が違うのかもしれない。たとえば同じ窃盗でも「生活に困って」より「遊ぶ金欲しさ」の方が地獄ウケはいい気がする。逆に。

揚げもの担当のトクさんは地獄好きだ。

切れ味鋭いリアリティ。直感の閃きがパート主婦の深層心理を見事に言い当てた秀作。

おかわり

自由部門

僕の履歴書を見た瞬間、面接官は「ひっ」と小さく叫んだ。

サニーサイド3号

ポールを駆け上がる国旗のスピードに、会場が少しざわついた。

哲ひと

あと三秒しか無い。時報が鳴り、一気に含んだバームクーヘンが口の中で賞味期限切れになった。

unnnunn

「まだ遅い！　もっと早く！　君なら出来る！」祖父の声援を受けてカゴの中のハムスターは、少し回転を早めた気がした。

水ボトル

買った縄跳びがほんの少し短かったのも、彼のやる気を削ぐ一因だった。

hiyoちゃん

宙を舞う銀色のカツオに向かって、男は指揮棒を振り続けた。

赤嶺総理

十二単を一枚ずつ脱ぐたびに彼女は徐々に小さくなる。

明日の鯱

三角の影が音もなく通り過ぎる。隣の猫の耳だ。

xissa

たこ焼きを食べて、娘は怪訝そうな顔をした。ドーナツの真ん中だと思っていたらしい。

しろみ

「お台所にロールケーキがあるからお友達にも出してね」上の娘にそう告げると、静香は自宅スタジオのドラムセットに戻った。

ただの県民

あれはトムですか？　いいえ、トムはその隣の星です。

黒船鬼太郎

これは、股間に物が当たった際の金属効果音を最初に考案した男の話である。

大伴

今夜、東京中のメトロを止めたのはあたしだ。

そらまめかかお

彼女がつくった料理は奇跡的な確率の結果、地球上にまだ存在しない新しい物質になった。もちろん、毒性がある。

ミミズグチュグチュ

朝刊を抜くと油揚げが床に落ちた。

稲妻柔術

正義の自転車乗りが左折する前に伸ばした

腕が、春一番を裂いた。

赤嶺総理

枝毛探しには自然光が、それもこのくらいの赤い西日が一番なの。そう言って先輩はそっと操縦桿から両の手を離した。

雁が音

美しい女の実家の焼き飯を想像するのが好きだ。

TOKUNAGA

和式便所。アメリカを黙らせるには、もうこれしかなかった。

ささいな

猫の手も届かないマンションの隙間に落ちた蝉の亡骸は、木枯らしが吹いた今になっても、ただただ天を見上げ続けている。

prefab

なで肩のせいで親権を剝奪された話だったね。

谷丸

彼は少しはにかんだあと免許証を提示したが、やはり未成年であった。僕は少し、おどけてみせた。

がちようじょ

父は母の背中を流している。子どものように体を揺らす母は、何も分かっていない。

おっぽ

組み立てられたダンボールにとって僕は母であった。

りずむ原きざむ

卒業生達が贈った木版画のようこ先生は、気の毒なほど老いさらばえてみえた。

TOKUNAGA

天然パーマの中で遊んでいると、マリーが来た。灯台守がお出ましね、とウインクした。

ボーフラ

泥酔男の頭脂が車窓に無限マークを描いた。

大伴

蛇腹のストローがグラスの縁に沿って逃げる。彼女の間抜けに緩んだ朱の楕円が追いかける。

人が生きてる

ドアノブを取ってみた。自分の世界がまた広くなった。

ハラセン

原付をオートバイと呼ぶ叔父の乗車姿を後ろから見た。シンメトリーに飛び出たカマキリみたいな両足から、数学の宿題を思い出した。叔父はパチンコへ行った。

ちんげもじ

水は摑むのではない。掬うのだ。

おかめちゃん

［おかわり］

無神論者のシオリちゃんは今日も元気に靴を飛ばす。

まさる

その標識のピクトグラムとほぼ同じポーズで、彼は長い階段を転げ落ちていった。

PerryThePunch

鱗雲は神の点描画であり、妻は岐阜の女だ。

義ん母

ふんわり明るい月の夜、月へ行くぞと千鳥足。

ウチボリ

っっっっっっっっk・・・・・ふと気を許した瞬間、画面の文字が躍った。もはや

この時間帯の恒例行事といってよかった。

コバァン

母が持ち歩いているのは子機だ。

おかめちゃん

発泡スチロールとケンカしていた彼は一人雪景色と呼ばれていた。

人が生きてる

ある一定の濃度を超えるとババアが蘇る。ただそれだけの話だ。

不眠

男はカニにまたがると、意気揚々と去っていった。右へ。

からておどり

規定部門

【変態】

あの娘が出したゴミ袋を漁ると、俺の捨てたゴミが出てきた。

TOKUNAGA

中は全裸だが、コートはカシミアである。

大伴

木ねじをきつく締め終わった瞬間に、友彦は射精をした。

夏猫

夜も明けぬ内から地引き網に潜り込み、今日も魚たちと引きあげられるのをじっと待っている。

gudon

最も変態である事は、全てにおいて平均的である事だ。

流し目髑髏

【鬱】

山頂で深呼吸のような溜め息をした。

TOKUNAGA

気晴らしに、と私を連れ出した父は鹿を轢いた。

マッドまっすぐ

五月の握手会が終われば死ぬつもりだった

私に、ツーショット水着撮影会の知らせが届いた。

TOKUNAGA

女子高生だらけの甘いもの屋でばかな名前のパフェ3個も注文すりゃ鬱なんて治る、と兄は言う。

xissa

小さな蝶すら、むかついた。

大伴

【魔法少女】
少女は魔法のタクトを天高くかかげると、敵を力任せに殴打した。

大伴

姉の変身中の照明を担当している。

TOKUNAGA

「だから、待てってば！」最近、変身している間、敵が待ってくれない。仕方なく、倒してから変身した。

兎餅アリス

だから娘が欲しかったのよね。俺と兄貴への当てつけのように呟き、オカンは魔法で鍋に火をつけた。

オーティズ

【卒業】
予行演習で泣きすぎて本番では醒めきっていた。

おかめちゃん

「怪獣の皮ってこんな触感かもな」証書筒を握りながら僕は考えていた。

大伴

仰げば尊しのクライマックスに校長のラップがカットインしてきた。

もんぜん

矢島君の第二ボタンが今日は純金だと聞き、あの芳子がようやく重い腰を上げた。

アイアイ

体育館に蛍の光が流れ、隣の乾物屋も閉店した。

大伴

【クリスマス】

昨日までは大好きな街だった。

いしがみ

プレゼントを置いて出てくると、トナカイごと盗まれていた。

大伴

「お手柄サンタ、聖なる夜に大立ち回り！」古い新聞記事のスクラップに若い頃の父をみつけた。

Yves Saint Lauにゃん

過ぎてしまえば、ただの一日。

xissa

おわりに

さて、いかがだっただろうか？

最初は正直、書き出しのパロディのつもりではじめた「書き出し小説」だが、毎回寄せられる力作によって、そこには留まらない独自の分野になり得たように思う。

はじまりつつ終わる、とでも言おうか、物語の予感を感じさせながらも、同時に終わりの余韻までも感じさせる作品群。中にはとても書き出しとは思えない風変わりな作品もあるが、小説自体がもともとはあらゆる文学表現を取り入れたなんでも有りのジャンルなのだ。ならばそこから生まれたこの遊びに、なんの制約があるというのだろう。そう、大切なのは自由であることだ。


世間には膨大な数の物語が溢れている。本屋に行けば、図書館に行けば、古典の名作から最近の話題作まで好きなだけ手に取ることができる。しかし私が気になるのはそんな世間に流通した物語より、題名さえ付けられず、未完のまま消えて行く無数の物語たちだ。それらは言うなればただの妄想に過ぎない。だが妄想にだって輝く権利はある。夜空に輝く星々も宇宙全体から見れば微々たるものであるように、見えない星だって無数に存在している。

書き出し小説の作者たちはもちろん素人である。そこが素晴らしい。街ですれ違う、見知らぬ人の頭の中にも、もしかしたらこんな奇妙な世界が広がっているのかもしれないと思うと、自然に顔がにやけてしまう。おまけに冒頭だけの物語はつねに他者に向かって開かれている。ひとつのイメージが読者である貴方によって引き継がれ、そこにまた新しいイメージが生まれる。他のあらゆる創作物がそうであるように、この小さな作品たちもまた貴方を楽しませ、交わることを求めている。

書き出し小説の作者たちを連載では敬意と親しみを込めて「書き出し作家」と呼んでいる。本書は言うまでもなく彼らの創意の賜である。また読んでいただければ分かるように常連の方々も多数いる。作家名に注目してその個性を味わって頂くのも面白いと思う。

書き出し作家の諸君、この遊びに文藝の末席を汚させてくれた新潮社企画編集部のみなさん、こだわり抜いた装幀で嘘を誠にしてくれた原条令子さまに、この場を借りてひたすら感謝したい。書き出し小説は現在も連載が続いている。今後とも無数の物語を拾い集める所存である。

天久聖一

KAKIDASHI SHŌSETSU

書《か》き出《だ》し小説《しょうせつ》

平成二十六年十二月二十日　発　行
平成二十九年　七　月　十　日　五　刷

編　者　天《あま》久《ひさ》聖《まさ》一《かず》

発行者　佐藤隆信

発行所　株式会社　新潮社

東京都新宿区矢来町七一
郵便番号　一六二—八七一一
電話　編集部(〇三)三二六六—五六一一
　　　読者係(〇三)三二六六—五一一一
http://www.shinchosha.co.jp

本書は二〇一二年十一月から「デイリーポータルZ」(http://portal.nifty.com/)にて連載中の「書き出し小説大賞」から抜粋した作品に、加筆・再構成したものです。

印刷所　大日本印刷株式会社
製本所　加藤製本株式会社

ISBN 978-4-10-336931-8 C0095